Annette Roeder

DIE KRUMPFLINGE

Egon wünscht krumpfgute Weihnachten

Annette Roeder

Die Krumpflinge

Egon wünscht krumpfgute Weihnachten

Band 7

Mit Illustrationen von
Barbara Korthues

cbj

Der Verlag weist ausdrücklich darauf hin, dass im Text enthaltene externe Links vom Verlag nur bis zum Zeitpunkt der Buchveröffentlichung eingesehen werden konnten. Auf spätere Veränderungen hat der Verlag keinerlei Einfluss. Eine Haftung des Verlags ist daher ausgeschlossen.

Dieses Buch ist auch als E-Book erhältlich.

Ein krumpfherziges Dankeschön an die drei Hauptgewinner unseres Schimpfwortwettbewerbs: Anselm, Anastasia und Salvatore für die wunderbaren Ausdrücke Sumpfschnitzel, Gruselnudel und Knäckebert!

MIX
Papier aus verantwortungsvollen Quellen
FSC® C043106

Verlagsgruppe Random House FSC® N001967

3. Auflage

Vermittelt durch die Literarische Agentur Barbara Küper
Umschlag und Innenillustrationen: Barbara Korthues
Serienlogo: Barbara Korthues
Lektorat: Hjördis Fremgen
hf · Herstellung: AJ
Satz und Reproduktion: Lorenz & Zeller, Inning a. A.
Druck: Grafisches Centrum Cuno, Calbe
ISBN 978-3-570-17344-2
Printed in Germany

www.cbj-verlag.de

Inhaltsverzeichnis

Aus Albis Freundebuch

Vorname: Egon
Nachname: Krumpfling
Haare: babyspinatgrün und überall am Körper
Augen: glupschig
Größe: 17,3 cm, wenn ich mich strecke
Besondere Merkmale: herzförmiger Fleck rechts auf der Brust
Das bin ich:

ganz schön, gell?!

Familie: ungefähr 50 Krumpflinge, wir sind alle miteinander verwandt
Ich wohne: Krumpfburg Nr. 22, in der roten Kindergießkanne mit den weißen Punkten (der Skistiefel wär mir lieber)

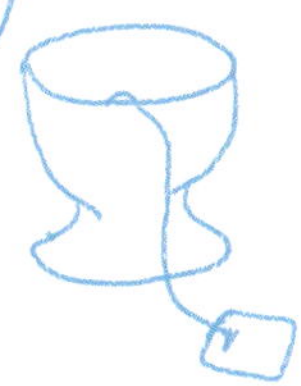

Alter: weiß ich nicht, aber ich bin der Jüngste der Krumpfling-Sippe

Lieblingsessen: Schimmelpilze mit Semmelknödeln

Lieblingsgetränk: frisch gebrühter Krumpftee (am gernsten den aus Albis Schimpfwörtern)

Was mir gar nicht schmeckt: lol-Brause, bäh, da muss ich pupsen

Meine Hobbys: andere ärgern (aber so, dass sie nicht weinen müssen), schlafen, Teelöffel-Hockey spielen

Was ich einmal werden möchte: Dieb oder Ganove

Wovor ich Angst habe: Hunde und manchmal Oma Krumpfling

Meine besten Freunde: Albert Artich und sonst Keiner

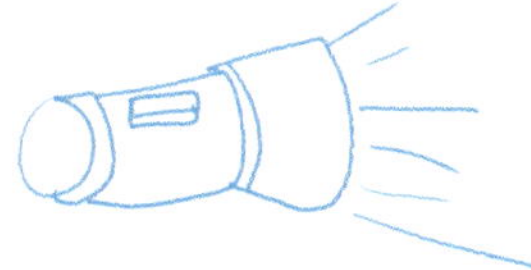

Der Schneekrumpfling

Als Albi die dritte Kerze am Adventskranz anzünden durfte, begann es endlich zu schneien. Weiße Flocken wirbelten wie kleine Zuckerwattefetzen durch die Luft. Bald schon wickelte eine dicke Schneedecke die Welt vor den Fenstern ein. Jubelnd hüpfte Albi durch das Haus und suchte Schal und Handschuhe. So liebte er die Weihnachtszeit noch mehr!
Auch der kleine Krumpfling Egon hatte die Veränderung gespürt. Denn selbst in der Krumpfburg im Keller der Villa Artich war es plötzlich etwas heller geworden. Und seltsam friedlich und still. Alle Krumpflinge raschelten leise in ihren Wohnhöhlen herum oder schliefen. Nur der kleine Gaga quengelte, weil niemand ihm half, aus Knete Buchstaben zu formen.
Aber natürlich wollte Egon den Winter am liebs-

ten gemeinsam mit seinem Menschen-Freund begrüßen! Er fand Albi und das Nachbarmädchen Lulu im puderzuckerweißen Garten. Die beiden Kinder rollten eine riesige Schneekugel, direkt auf Egon zu.
„Obachtung! Hier unten ist der Egon“, quiekte der Krumpfling und winkte mit den Pfoten. Zum Glück hörte Albi das Stimmchen aus dem Knarzgeräusch des Schnees heraus und stemmte sich gleich gegen die schwere Kugel. Eine Zehenkrallenlänge vor Egons Bauch kam sie zum Stillstand.
„Rotzigerratz! War das aber knapp!“, empörte sich Egon. „Beinahe hättet ihr einen Schneekrumpfling aus mir gemacht!“
„Das ist ja eine wunderbare Idee, Egon!“, begrüßte ihn Albi. „Wir bauen keinen Schneemann, sondern einen Schneekrumpfling!“
Lulu war sofort einverstanden. „Am besten hier, wo mein Papi den Zaun weggemacht hat. Dann kann Bruno den Schneekrumpfling vom Wohnzimmerfenster aus sehen.“

Ihr kleiner Bruder hatte nämlich Schnupfen und sollte nicht nach draußen gehen. Voller Stolz stimmte auch Egon dem Vorschlag zu.

Lulu und Albi arbeiteten so eifrig, dass sie unter ihren Anoraks ins Schwitzen kamen. Als sie den Schnee schließlich zu einem großen Krumpfling geformt hatten, hob Albi Egon hoch. Der Krumpfling durfte seinem Ebenbild aus Schnee einen Kiefernzapfen als Schnauze ins Gesicht drücken. Darunter grinste eine gebogene Wurzel wie ein breites Maul. Lulu entdeckte unter einem Blumentopf spitze Steine, die wie Krumpflings-Zähnchen aussahen. Zwei Kohlenstücke aus Herrn Artichs

Schuppen dienten als Augen. Auf den Kopf setzten die Kinder einen Mistelzweig, der an einen Lockenschopf erinnerte. Zum Schluss kratzte Albi mit einem Ast ein Herz auf die Brust des Schneekrumpflings. Denn Egon hatte ja vorne auf seinem Fell einen helleren Fleck in Herzchenform.
Da schallte von der Terrassentür der Villa Artich lautes Gelächter herüber.
„Was ist denn das für ein ulkiges Schneemonstrum?“, wollte Herr Artich wissen. „Das muss ich unbedingt fotografieren!“
Mit einem Satz sprang Egon auf Albis Schulter und kroch von dort unter dessen Pudelmütze.
Das war ein gemütliches Versteck! Durch die Maschen konnte er beobachten, wie Herr Artich auf sie zu stapfte.
„Stellt euch mal links und rechts von eurem Kunstwerk auf“, wies Bertram Artich die Kinder an.
Er hob einen kleinen, schwarzen Kasten vor sein Gesicht und drückte mit den Fingern darauf herum. Plötzlich schob sich ein dickes Papier aus dem Kasten.

„In drei Minuten könnt ihr euren Riesenochsenfrosch aus Schnee hier abgebildet sehen“, erklärte Herr Artich. „Das ist nämlich eine Sofortbildkamera, auch Polaroid-Kamera genannt.“
Egon war zu abgelenkt, um sich über die Beleidigung zu empören. Denn auf dem Papier erschien, wie von Zauberhand gemalt, ein Bild. Und darauf waren tatsächlich der Schneekrumpfling und seine beiden Freunde zu erkennen!
Auch Lulu schien beeindruckt. „So eine Pollerbrotkamera möchte ich auch haben!“
Bertram Artich begann sofort, die Vorzüge seiner Kamera vorzuführen: „Nahlinse, zweiter Auslöser für Aufnahmen im Querformat und hier kann man den elektronisch gesteuerten Selbstauslöser einstellen. Falls du mal dich selbst fotografieren

möchtest, musst du nur den Schalter drehen. Die Kamera ist nicht ganz billig. Allerdings gibt es auch günstigere Geräte für Anfänger."
Er wollte Lulu gerade die Unterschiede erklären, als Frau Artich aus dem Küchenfenster rief: „Bertram, du musst los! Das Flugzeug aus Mallorca landet bald! Ich möchte nicht wissen, wie dich Onkel Arthur beschimpft, wenn du zu spät kommst, um ihn abzuholen."
Herr Artich seufzte schwer. „Ich auch nicht. Onkel Arthur war schon immer für seine Schimpftiraden bekannt. Auf seinen Besuch könnte ich wirklich verzichten."
„Onkel Arthur will bestimmt mit seinen Verwandten friedliche Weihnachten verbringen", versuchte Albi seinen Vater zu trösten. „Sonst würde er doch auf seiner warmen Insel bleiben und hätte sich nicht bei uns eingeladen?"
„Na, hoffentlich hast du recht, mein Sohn. Außerdem hat er uns sein Haus überlassen. Da konnten wir ihn ja schlecht abweisen."
Wenig begeistert trottete Herr Artich davon.

Sofort schob Egon seine Schnauze unter Albis Mützenrand hervor.
„Haben das meine Löffelöhrchen richtig gehört? Onkel Arthur kommt zu Besuch? Das ist ja eine krumpfgute Überraschung!“
Alle Krumpflinge liebten Onkel Arthur. Schließlich hatten sie aus seinen Schimpfwörtern jahrzehntelang leckeren Krumpftee gekocht.
Albi nickte nachdenklich. „Des einen Freud, des anderen Leid.“
„So ist es!“, jauchzte Lulu und pfefferte einen dicken Schneeball genau auf ihre beiden Freunde.

Christkind oder Weihnachtsmann?

Kurz darauf war die herrlichste Schneeballschlacht im Gang. Während Albi und Lulu aufeinander zielten, sprang Egon durch die Äste der Bäume und ließ Schneeschauer auf die Kinder regnen. Dabei bildeten sich in seinem Fell immer dickere Eisklumpen. Plötzlich brach ein Zweig unter ihm und er plumpste in einen Schneehaufen. Egon jammerte: „Auauoi! Ich bin völlig aus der Pusteblume. Außerdem friere ich wie ein rasierter Yeti in der Antarktis."
„Lasst uns reingehen, damit Egon sich nicht erkältet!", schlug Albi vor. „Ich muss heute auch noch meinen Wunschzettel für Weihnachten schreiben. Das könnten wir doch alle zusammen machen."
Wie kuschelig warm es in Albis Zimmer war!

Egon wurde zum Auftauen in eine frisch gewaschene Wollsocke gesteckt. Dort konnte er sich auch gut vor Frau Artich verbergen, als diese die Kinder mit heißem Kakao und einem Teller voller Nüsse und Mandarinen überraschte. Gemütlich eingemummelt knabberte er später an einer ranzigen Walnuss, während sich Albi und Lulu mit Stiften und Papieren auf dem Boden ausbreiteten.
„Es gibt so viele tolle Wünsche, dass ich mich gar nicht entscheiden kann.“ Lulu kaute nachdenklich auf dem goldenen Buntstift herum.
Albi dagegen musste nicht lange überlegen, was er auf seinen Wunschzettel schreiben wollte.
„Ich wünsche mir spannende Bücher!“
„Iiigitt!“ Lulu schüttelte sich angeekelt.

„Was willst du denn mit Büchern?", wollte Egon wissen. „Die Seiten herausreißen und Papierflieger falten?"
„Quittenquatsch. Ich mag die Abenteuer, die ich durch Bücher erlebe. Außerdem lernt man da oft Praktisches fürs Leben."
„Aber dazu muss man sie ja LESEN!" Lulu tippte sich mit der Stiftspitze an die Stirn. „Hast du keinen weniger anstrengenden Wunsch?"
Doch, den hatte Albi. „Natürlich. Ein ferngesteuertes Auto!"
Diese Idee fanden auch die beiden anderen gut.
„UUUT-UUUT! TRÖÖP-TRÖÖP!" Egon probierte sofort verschiedene Hupgeräusche aus und lenkte mit den Pfoten in der Luft.
Und Lulu meinte: „Pfandtastischer Wunsch. So ein Auto will ich auch. Das kann ich dann an Bruno vermieten und mein Taschengeld aufbessern."

Sie kritzelte los. Aber dann strich sie alles wieder durch. „Nein, doch nicht. Noch dringender brauche ich ja eine Polterrotkamera! Wie schreibt man das?“
Albi buchstabierte „Polaroid-Kamera“. Dann schob er Egon einen Bleistiftstummel und ein Stückchen Papier zu. „Und was wünschst du dir zu Weihnachten, Egon? Willst du nicht auch einen Wunschzettel schreiben?“
„Wünschen täte ich mir schon was wollen. Einen flauschigen Schlafsack oder einen Schlitten zum Beispiel.“ Egons Glupschaugen glänzten plötzlich feucht. „Aber das hat gar keinen Sinn, denn bei uns Krumpflingen gibt es leider nullundkeine Geschenke.“
„Feiert ihr Weihnachten etwa gar nicht?“, fragte Lulu entsetzt.
„Eiweißklaro gibt es bei uns Wein-Nachten! Am 24. Dezember spielen sich die Krumpflinge solange böse Streiche, bis jemand weint. Das bin meistens ich. Deswegen mag ich Wein-Nachten nicht besonders.“

Egon nagte ein Stück Radiergummi vom Bleistiftende, spuckte es aber gleich wieder aus.
„Pfuiplastikplunder! Aber wer erfüllt eigentlich euch Menschenkindern eure Wünsche?“, fragte er dann interessiert.
„Das Christkind natürlich!“, antwortete Albi.
„Stimmt nicht, das macht der Weihnachtsmann!“, rief Lulu.
„Glaub ihr kein Wort, Egon. Das Christkind bringt uns die Geschenke“, beharrte Albi auf seiner Meinung. „Wenn es durchs Fenster fliegt, hinterlässt es sogar eine goldene Spur.“
„Goldspur, da lachen ja die Hühneraugen. An Weihnachten kommt der Weihnachtsmann“, protestierte Lulu. „Sonst würde es doch Christkindnachten heißen.“ Sie bekam vor Aufregung rote Flecken auf den Wangen. „Er kommt durch den

Kamin. Jeder kennt den Weihnachtsmann mit seinem roten Anzug und der Mütze und dem Bart. Wie das Christkind aussieht, weiß kein Mensch."
„Mama sagt, sein Haar ist gelockt. Außerdem trägt es ein weißes Spitzenkleid und hat silberne Flügel."
Albi blieb bei seiner Überzeugung. Er schrieb „An das liebe Christkind" auf seinen Briefumschlag und legte ihn mit einer Mandarine aufs Fensterbrett.
„Als Wegzehrung", erklärte er. „Das Christkind muss ja viele Wunschzettel einsammeln."
Lulu streckte ihm die Zunge heraus. „Dann gehst du an Heiligabend eben leer aus. Weil du kaum klüger als ein Kaninchenköttel bist!"
Das konnte Albi natürlich nicht auf sich sitzen lassen.
„Du Tüpfelchenpupserin!"
Und schon waren Albi und Lulu in einen richtigen Streit verwickelt. Egon rollte verwundert die Glupschaugen. Wieso konnte man sich denn wegen so etwas zanken? Manchmal benahmen sich die Menschen doch ganz schön seltsam!

Onkel Arthur ist wieder da

Ein Streit bei den Artichs! Im Keller blinkte das Warnlämpchen, das Professor Honigschwamm kürzlich angebracht hatte. So sahen alle Krumpflinge sofort, dass aus dem alten Duschkopf Schimpfwörter geerntet werden konnten. Oma Krumpfling schlüpfte ächzend in ihre Pantoffel und schlurfte zum Hauptplatz. Dort war bereits ein Großteil der Sippe versammelt. Alle schubsten sich und schrien durcheinander. Jeder wollte ganz vorne sein und sich möglicherweise sogar ein Schimpfwort abzwacken!
„Aus der Eisbahn, ihr Pavianpopobacken!“, kreischte Oma Krumpfling. „Wer jetzt nicht sofort die Pappklappe hält, bekommt keinen einzigen Buchstaben ab. Professor …“, wandte sie sich an Professor Honigschwamm. „Sie dürfen mir asseltieren.“

Der kluge Lehrer der Krumpflinge hatte den Eimer schon in der Pfote. Er stellte ihn unter den Duschkopf und drehte den Hahn auf. Sofort sprudelten die schönsten Schimpfworte heraus.
„Krumpelige Christkindelkröte!“ Das war die Stimme von Luise Vogelsang.
„Weichgespültes Möchtegernweihnachts-männlein!“, antworte Albert Artich.
Den Krumpflingen lief die Spucke im Maul zusammen. Aus solchen Worten konnte die Chefin nicht nur Tee, sondern sogar würzigen Krumpfpunsch brauen. Eine seltene Leckerei, die es nur in der Adventszeit gab!
Doch plötzlich mischte sich auch noch eine andere Stimme ein. Die knarzende Stimme eines alten Mannes.

„Was ist hier die Frage? Christkind oder Weihnachtsmann? Da kommt euer Onkel Arthur ja gerade richtig. Ich sage euch nämlich gleich: Nur dummgebügelte Doofdatteln glauben an solchen Unfug!“

„Mir scheint, mein Meerschwein quiekt“, flüsterte Oma Krumpfling ungläubig. „Er ist zurück. Oder hab ich Hallozehnundohren?“

„Wampe weg, Chefin! Wampe weg!“ Professor Honigschwamm drückte Oma Krumpfling beiseite und presste sein Löffelohr an den Duschkopf.

„Aber nein, es ist wahr! Ein Weihnachtswunder!“, jubilierte er. „Unser alter Muffelkopf Arthur Artich ist wieder da!“

Dann packte er Oma Krumpfling an den Pfoten und führte mit ihr einen Freudentanz auf. Dabei schmetterten die beiden lauthals das Lied „Schlimmer die Worte nie klingen, als zu der Wein-Na-hachtszeit“. Und die restlichen Krumpflinge plärrten im Chor dazu!
Doch das Glück der Krumpflinge war nur von kurzer Dauer. Kaum hatten Oma Krumpfling und Professor Honigschwamm ihren Tanz beendet, zerstörte Rosalie Artich auch schon ihre hässlichsten Hoffnungen. Sie schob sich an Onkel Arthur vorbei ins Kinderzimmer und sagte ihm deutlich die Meinung.
„Wenn du mit uns Weihnachten verbringen möchtest, Onkel Arthur, dann halte dich bitte an unsere Regeln. Das bedeutet: tadellose Essmanieren, höflicher Umgang miteinander und vor allem – keine Schimpfwörter! Ganz nach dem Familienmotto: Wir heißen Artich und sind artig. Du kannst mir übrigens gleich in der Küche helfen. Die Mandeln für den Stollen müssen noch geschält werden.“

Unten im Keller wurde natürlich alles mitgehört. Oma Krumpfling zischelte: „Jetzt gib ihr Saures, alte Essiggurke!"
Aber Onkel Artich blieb stumm. Wie Rosalie hatte noch nie jemand mit ihm geredet. Sein Mund klappte auf und zu, dass das Gebiss klapperte. Professor Honigschwamm rüttelte verzweifelt an der Wasserleitung. Schaffte es diese grauenhafte Frau da oben etwa schon wieder, eine neue Krumpftee-Krise zu verursachen? Und das ausgerechnet an Wein-Nachten?[1]
Seine Sorge schien begründet. Onkel Artich blieb stumm wie ein frittierter Fisch!
„Na, geht doch!", stellte Rosalie zufrieden fest.
„Das geht gar nicht, gell?", plärrte der schleimige Schorschi und heulte los. Auch die restlichen Krumpflinge im Keller begannen zu jammern.
Oben im Kinderzimmer wandte sich Frau Artich an Lulu und Albi. „Und ihr zwei lasst euch von

---

[1] Wie es bei den Krumpflingen zum ersten Mal eine Krumpftee-Krise gab, kannst du in Band 1 „Egon zieht ein" nachlesen.

Onkel Arthur nichts einreden. Artigen Kindern erfüllt natürlich das Christkind die Wünsche."
„Aber ich wette gegen mein schönstes Weihnachtsgeschenk, dass an Heiligabend der Weihnachtsmann kommt!", widersprach ihr jetzt Lulu.
Bevor seine Mutter dagegenhalten konnte, streckte Albi Lulu die rechte Hand hin. „Die Wette gilt! Wer beweisen kann, dass er recht hat, darf sich beim anderen ein Geschenk aussuchen."
Frau Artich verzog säuerlich das Gesicht. „Um so etwas wettet man doch nicht. Das ist eine Frage des Glaubens!"
Jetzt fand Onkel Arthur seine Sprache wieder. „Ich finde diese Wette spargelspitze, liebe Rosalie. So steht uns ein spannender Weihnachtsabend bevor." Dann kicherte er fast wie ein Krumpfling.

Egon wird Geheimagent

Natürlich wollte Egon seinem Freund Albi helfen, die Wette zu gewinnen! Es musste ihnen nur gelingen, zu beweisen, dass das Christkind die Geschenke brachte. Weil dieses bekanntermaßen sehr menschenscheu ist, sollte sich der Krumpfling heimlich auf die Lauer legen.
Die letzten Tage vor Heiligabend nutzten die beiden Freunde, um den perfekten Plan auszutüfteln. Albi hatte vor Kurzem ein Buch über Geheimagenten gelesen. Daher wusste er, wie man jemanden unauffällig beschattet. Zuerst brauchten sie Decknamen. Diese durfte Egon aussuchen. Albi sollte „Agent Gruselnudel“ heißen. Egon selbst nannte sich „Agent Sumpfschnitzel“. Und das Christkind bekam den Tarnnamen „Knäckebert“. So konnten sie sich über ihr Vorhaben unterhalten, ohne dass heimliche

Zuhörer auch nur ahnten, wovon sie sprachen. Nicht einmal das Christkind selbst würde Verdacht schöpfen!
Zuletzt bastelte der Junge für Egon noch eine kleine Sonnenbrille, damit ihn niemand erkannte. Richtige Geheimagenten tragen immer dunkle Sonnenbrillen. Das wichtigste technische Hilfsmittel aber lag praktischerweise schon im Wohnzimmer bereit: die Polaroid-Kamera von Herrn Artich! Mit ihr würde Egon das Beweisfoto vom Christkind … oh, Verzeihung … mit der Polaroid-Kamera würde Geheimagent Sumpfschnitzel das Beweisfoto von Knäckebert schießen! Jetzt konnte der 24. Dezember kommen!

Und kaum hatte Geheimagent Gruselnudel das letzte Türchen an seinem Adventskalender geöffnet, war der 24. Dezember auch schon da!
Nach dem Frühstück traf sich Familie Artich im Wohnzimmer, um es für den Abend zu schmücken. Bertram Artich schleppte die Weihnachtstanne aus der Garage herein und befestigte sie im Christbaumständer. Der Baum stieß mit der Spitze an die Zimmerdecke. Rosalie stellte ein Schäfchen zu den Hirten, die sie gerade auf dem Sims über dem offenen Kamin aufgebaut hatte. Sie war sehr stolz auf ihre große Weihnachtskrippe, zu der sogar Elefanten und Kamele gehörten. Jetzt hob sie vorsichtig einen Wachs-

engel in einem prächtigen Spitzenkleid aus einer Kiste. Sie hielt ihn prüfend in die Höhe.
„Unmöglich, Bertram, der Baum ist zu hoch. So passt unser Engel nicht auf die Spitze."
Onkel Arthur raschelte mit der Zeitung vom Sofa herüber. „Wir könnten ein Loch in die Zimmerdecke brechen", schlug er vor. „Oder dem Flattermann die Rübe abhacken."
Albi kicherte leise. Seitdem Onkel Arthur zu Besuch war, gab es immer was zu lachen. Doch Rosalie Artich knirschte mit den Zähnen. Dieser alte Mann brachte sie noch an den Rand eines Nervenzusammenbruchs! Aber sie würde um keinen Preis zulassen, dass er ihr Lieblingsfest verdarb.
„Diesen Wachsengel hat meine Großmutter eigenhändig gebastelt, lieber Onkel", sagte sie süßlich. „Seinen kostbaren Kopf rührt niemand an!"
Darauf schickte sie Onkel Arthur in den Werkzeugschuppen, damit er eine Säge für den Baum holte. Bertram sollte inzwischen die Kiste mit

dem Weihnachtsschmuck vom Speicher herunterbringen. Sie selbst machte sich auf den Weg, um beim Metzger die vorbestellte Rinderzunge abzuholen.

Als alle Erwachsenen außer Sichtweite waren, sauste Albi zur Kellertreppe. Hier hockte Egon im rechten Schlittschuh von Herrn Artich und wartete bereits auf seinen Einsatz.

„Aktion Knäckebert kann beginnen“, flüsterte Albi aufgeregt. „Gib alles! Sonst ist unser ferngesteuertes Auto futsch. Denn Lulu sucht sich sicher kein Buch aus, wenn sie die Wette gewinnt.“

„Vertrau mir!“, beruhigte ihn Egon. „Agent Sumpfschnitzel wird Agent Gruselnudel niemalsnimmernicht enttäuschen!“

Jeder Schritt war genauestens geplant. Zurück im Wohnzimmer hob Albi das Jesuskind aus der Krippe, legte stattdessen Egon hinein und bedeckte ihn mit Heu. Das Jesuskind schob Albi tief zwischen die Scheite im Feuerholzkorb.
Egon bestaunte von seinem Lager aus verdutzt den Weihnachtsbaum.
„Krumpfgütigerhimmel, da ist ja mitten im Zimmer eine Riesentanne gewachsen! Die müsst ihr dringend fällen, sonst habt ihr bald einen Wald im Haus!"
„Das ist unser Christbaum. Wir haben ihn extra aufgestellt, damit das Christkind weiß, wo es die Geschenke ablegen soll", erklärte Albi etwas ungeduldig.

Dann platzierte er die Polaroid-Kamera neben dem Ochsen. So konnte Egon den Auslöser mit einem Pfotengriff erreichen. Vom Kaminsims aus hatte der Krumpfling einen guten Blick auf Baum, Fenster und Zimmertür. Albi vermutete zwar, dass das Christkind durchs Fenster hereinflog, aber ganz sicher konnte man sich ja nicht sein!
„In der Kamera ist ein neuer Film. Wir haben zehn Aufnahmen. Das sollte genügen“, erklärte er Egon.
Der rieb sich zufrieden die Pfötchen. „Jetzt kann uns Knäckebert nicht mehr entkommen!“

Aktion Knäckebert beginnt

Onkel Arthur hatte die Tanne auf Geheiß von Rosalie etwas kürzer gesägt. Jetzt konnten Albi und sein Vater glänzende Glaskugeln, Strohsterne und klitzekleines Spielzeug aus Holz an die Zweige hängen. Danach befestigten sie die elektrischen Kerzen, denn Herr Artich bestand auf Sicherheit. „Statistiken zufolge werden im Dezember 36 Prozent mehr Brandschäden gemeldet als im übrigen Jahr. Diese LED-Kerzen hingegen sind völlig ungefährlich. Man kann sie sogar mit einer Fernbedienung an- und abschalten!“
„Zeig den modernen Käsetaschenquark mal her.“ Onkel Arthur untersuchte die Fernbedienung. „Zu meiner Zeit hatten wir einfache Wachskerzen. Die wurden mit Streichhölzern angezündet, dufteten nach Honig und waren viel schöner. Da musste man halt ein bisschen aufpassen.“

Albi gab Onkel Arthur insgeheim recht, aber sagte nichts dazu. Jetzt musste er nämlich aufpassen! Es hing so viel davon ab, dass ihr Plan gelang! Nervös linste er immer wieder zu Egon in der Krippe. Doch Agent Sumpfschnitzel spielte seine Rolle als Jesuskind perfekt und rührte sich nicht. Plötzlich hörte Albi ein leises Schnarchen. Nur gut, dass Onkel Artich gerade jetzt lautstark Ratschläge gab, wie Bertram den Engel auf der Baumspitze befestigen sollte!

Die Sonne versank wie ein roter Granatapfel hinter den Nachbarhäusern, als Albi den schnarchenden Krumpfling vorsichtig wach rüttelte.
„Agent Sumpfschnitzel schnellstens aufwachen! Sumpfschnitzel aufwachen! Du musst die Beschattung ab jetzt alleine übernehmen. Wir gehen zum Krippenspiel“, erklärte er. „Zur Bescherung um sechs sind wir wieder da.“
„Seid ihr alle weg?“, wollte Egon wissen. Er rekelte sich genüsslich in der Krippe. Wenigstens war er gut ausgeschlafen!

„Nein, nur Papa und ich. Onkel Arthur ist in sein Zimmer gegangen, um ein Nickerchen zu machen. Und Mama zieht sich um und will dann noch die Rinderzunge schälen. Sie ist mal wieder nicht fertig geworden."

Albi schüttelte sich. Das traditionelle Heilig-Abend-Essen der Artichs war das Einzige, was er an Weihnachten nicht liebte. Dafür freute er sich schon seit Wochen auf die 18 Plätzchensorten, die seine Mutter bis zur Bescherung versteckt hielt.

Er schaute auf die große Standuhr und rechnete.

„Vermutlich wird Knäckebert irgendwann in den nächsten zwei Stunden durchs Fenster kommen und die Geschenke unter dem Baum ablegen. Jetzt ist dein voller Einsatz gefragt."

„Okidackel!“, antwortete Egon. „Agent Sumpfschnitzel lässt den Baum nicht aus den Glupschaugen.“

Und das tat er auch nicht. Seine Zeigekralle lag einsatzbereit auf dem Auslöser der Kamera. Über eine Stunde starrte Egon gebannt auf die Weihnachtstanne der Artichs. Mit der einbrechenden Dunkelheit färbten sich die bunten Anhänger und glitzernden Kugeln in ein samtiges Blau. Egons Augen begannen vor lauter Anstrengung zu tränen. Zur Abwechslung schielte der kleine Krumpfling hin und wieder zum Fenster. Deswegen bemerkte er zunächst auch gar nicht, wie sich leise die Tür öffnete …

18 verschiedene Plätzchensorten

Das Tapsen von Füßen auf dem Holzboden ließ Egon aufschrecken. Er fuhr herum. Im dunklen Zimmer bewegte sich eine schimmernde Gestalt auf den Christbaum zu. Egon zögerte nicht, sondern drückte mit der Zeigekralle auf den Auslöser. Es blitzte grell. Mit einem leisen Surren schob sich das Beweisfoto aus der Kamera. Gleich würde Egon das erste Bild sehen, das jemals vom Christkind gemacht wurde. Und er hatte es geschossen! Er freute sich schon auf Albis Lob!

Doch mit einem Schlag wurde es im ganzen Zimmer hell. Jemand hatte die Deckenlampe angeschaltet. Und dieser jemand war niemand anderes als Rosalie Artich! Sie balancierte eine große Platte voller Plätzchen auf einer Hand. Verwundert näherte sie sich nun dem offenen Kamin.

Natürlich hatte auch sie das Blitzlicht bemerkt. Egon drückte sich tief unter das Heu in der Futterraufe, zog den Kugelbauch ein und hielt die Luft an. Aber Frau Artich bemerkte ihn gar nicht. Sie stellte die Platte vorsichtig neben die Heiligen Könige auf den Kaminsims. Nachdenklich nahm sie dann das Bild aus der Polaroid-Kamera und beobachtete, wie es sich entwickelte.
„Merkwürdig, dass die von allein losgeht! Möglicherweise hat sich der Knopf verhakt und verzögert ausgelöst“, überlegte sie laut. „Bertram muss die Kamera zur Reparatur bringen.“ Sie studierte das Foto genauer. „Die silbergraue Seidenbluse

steht mir großartig … Aber wie sieht denn das Bücherregal hinter dem Weihnachtsbaum aus? Diese Unordnung verdirbt doch das schönste Foto! Das muss ich dringend noch aufräumen, bevor meine beiden Bertis aus der Kirche kommen."
Sie schob das Foto in die Hosentasche und krempelte die Ärmel ihrer Seidenbluse hoch.
Egon durchfuhr ein heißer Schreck. Wenn Rosalie Artich jetzt im Weihnachtszimmer herumwerkelte, würde sich das Christkind bestimmt nicht hereintrauen? Dann hätte Albi nicht nur seine Wette verloren, sondern bekäme gar keine Geschenke.
Egon musste Albis Mutter schleunigst aus dem Zimmer vertreiben! Nur wie? Fieberhaft versuchte sich Egon zu erinnern, was ihnen Professor Honigschwamm im Schreckunterricht beigebracht hatte. Doch nichts davon wollte ihm einfallen.
„Egon Krumpfling, du hast nichts im Kopf als klebrigen Keksteig!", schimpfte er leise mit sich selbst. Und dabei kam ihm die Idee.
Während Rosalie noch unzufrieden das Regal musterte, zog Egon lautlos den Hirtenstab aus

den Händen von Joseph. Mit dem Hirtenstab schob der Krumpfling den Elefantenpopo an. Der Elefant bewegte sich unmerklich nach vorne und schob seinerseits mit dem Rüssel die Plätzchenplatte weiter. Nun stand sie genau zur Hälfte über den Rand des Kaminsims heraus. Noch ein paar Millimeter … Die Platte kippelte … kippelte stärker … und fiel. Rosalie nahm aus dem Augenwinkel eine Bewegung wahr. Mit einem Aufschrei sprang sie herum und griff nach der fallenden Platte. Sie erwischte sie im Flug und presste sie fest gegen ihre Brust. Ein Großteil der Plätzchen prasselte auf den Boden. Die restlichen Walnuss-

monde, Husarenkrapferl, Spitzbuben, Nougattaler und Schokoladenmakronen jedoch klebten auf ihrer Seidenbluse. Egon fand das Muster sehr hübsch. Im Gegensatz zu Frau Artich.

„Schei… benwischer!“, schrie sie auf. Dann sammelte sie die zermatschten Plätzchen auf und rannte wutschnaubend aus dem Zimmer. Egon sauste hinterher. Das hatte ja prima geklappt. Jetzt musste er nur noch dafür sorgen, dass Rosalie nicht so schnell zurückkam!

Pech für Rosalie Artich

Frau Artich brachte zuerst ihr zerbröseltes Weihnachtsgebäck zurück in die Küche. Dort standen noch die 18 geöffneten Keksdosen, in denen sie die verschiedenen Sorten aufbewahrte. Egon schnupperte den Plätzchenduft. Aus dem Topf auf dem Herd mischte sich der säuerliche Geruch von gekochter Zunge dazu. Egon lief die Spucke im Maul zusammen, aber als guter Geheimagent durfte er seinen Auftrag nicht vergessen: Rosalie sollte das Weihnachtszimmer vorläufig nicht betreten, damit das Christkind in aller Ruhe Albis Geschenke abliefern konnte!
Also verfolgte Egon sie hinauf ins Badezimmer. Vielleicht konnte er sie hier für längere Zeit festhalten? Er beobachtete, wie Rosalie den Stöpsel in den Ausguss des Waschbeckens steckte und Wasser einlaufen ließ. Dann bückte sie sich in

den Schrank nach einer Tube Handwaschmittel. Egon nutzte die Gelegenheit und zog den Stöpsel heraus. Als Frau Artich das Waschmittel ins Waschbecken geben wollte, war kein Wasser mehr darin. Sie drückte den Stöpsel noch einmal tiefer in den Ausguss, drehte das Wasser weiter auf und streifte ihre Bluse über den Kopf. Doch währenddessen riss Egon den Stöpsel ein weiteres Mal heraus.
„Ja zum Teuf … Täufling, was ist denn heute los?“, schimpfte Rosalie vor sich hin, als sie bemerkte, dass das Wasser wieder herausgelaufen war. Sie betrachtete den Stöpsel genauer. Weil daran natürlich nichts zu entdecken war, beugte

sie sich tief über das Waschbecken, um den Ausguss zu untersuchen. Da fiel Egons Blick auf die Ablage. Neben den Zahnbürsten und Onkel Arthurs Hörgerät stand dort ein Plastikbecher mit einer blauen Flüssigkeit. Darin bewahrte Onkel Arthur sein Gebiss auf, wenn er schlief. Egon gab dem Becher einen winzigen Stups. Und schon floss die blaue Reinigungslösung über Rosalie Artichs Hinterkopf. Der Becher rollte ins Waschbecken. Aber Onkel Arthurs Gebiss verhängte sich in Rosalies Haaren. Sie tastete danach …
„IIIIIIHGITTIGRAUS! Arthurs Sabberzähne!“
Kreischend riss sich Albis Mutter die restlichen Kleider herunter und stürzte in die Dusche. Jetzt

konnte Egon in aller Ruhe auf die Türklinke springen, den Schlüssel herausziehen und Rosalie Artich von außen im Bad einsperren. Ein krumpfbabyleichtes Spiel!
„Wenn Professor Honigschwamm das gesehen hätte“, lobte sich Egon selbst, „würde er mir eine Sechs mit Spinne für die fieseste Gemeinheit geben! Aber jetzt schnell zurück zur Aktion Knäckebert.“

Gesagt, aber nicht getan. Denn auf dem Weg ins Weihnachtszimmer musste Egon an der Küche vorbei. Und aus der Küche kam dieser unwiderstehliche Duft. Der Duft von angebranntem Fleisch und zerquetschten Plätzchen … Egons Magen knurrte wie ein Teddybär. Kein Wunder, er hatte seit dem Frühstück nichts mehr gegessen! Nur einen einzigen Happen wollte sich Egon genehmigen. Er hopste auf die Ablage und zog einen zerbröselten Mürbteigpilz mit Sauerkirschglasur von der Porzellanplatte. Hmmm, das war ja spuckeschmatzlecker!

Jetzt lockten die Marzipankartöffelchen. Sahen sie nicht beinahe aus wie leckere Mistkäfer? Und sie schmeckten sogar noch besser! Auch die Orangenschnitten waren nicht zu verachten. Rosalie hatte sie schön süßsäuerlich gewürzt.
Da Egon nun schon drei Sorten probiert hatte, musste er unbedingt auch von den restlichen 15 Sorten kosten! Wie sollte er sonst wissen, welches seine Lieblingsplätzchen waren?
Mit einem lauten Rülpser beendete Egon den kleinen Imbiss. Kein Krümelchen hatte er übrig gelassen. Erst jetzt erinnerte er sich wieder an seinen eigentlichen Auftrag: das Weihnachtszimmer nicht aus den Glupschaugen zu lassen.
Gut gelaunt wuselte er zurück ins Wohnzimmer.
Doch als er den Christbaum sah, fiel Egon vor lauter Überraschung rücklings auf seinen Popo.
Geblendet schüttelte er den Kopf.
Das Licht der Kerzen spiegelte sich tausendfach in den Glaskugeln. Am Boden unter den Zweigen türmten sich Geschenke in glänzendem Papier und mit seidenen Schleifen. Ein schwacher Luft-

zug brachte die leichten Anhänger am Baum zum Schaukeln. Der kam vom geöffneten Fenster, zu dem eine Spur aus glitzerndem Gold führte. „Dotter und Klobrille“, flüsterte Egon, „das Christkind war schon da!“

Der Weihnachtsengel

Versonnen bestaunte Egon den funkelnden Weihnachtsbaum. So etwas Zauberschönes hatte der kleine Krumpfling noch nie gesehen. Das meinten die Menschen also, wenn sie vom „Wunder der Weihnacht“ sprachen! Jetzt konnte er verstehen, warum die sich das ganze Jahr über danach sehnten. In Egons Kugelbauch breitete sich ein sirupsüßes Gefühl von Glück aus. Am liebsten hätte er die Welt mit seinen kleinen Pfoten umarmt und fest an den Herzchenfleck auf seinem Fell gedrückt.

Doch mit einem Mal wurde Egon klar, was der strahlende Christbaum auch bedeutete: Agent Sumpfschnitzel hatte die einzige Gelegenheit verpasst, ein Beweisfoto von Knäckebert zu machen! „Albi wird mich zu Sumpfgeschnetzeltem verarbeiten“, jammerte er. „Was mach ich jetzt nur?“

Dicke Krumpflingstränen rollten über seine Backen. Doch dann zog er sich an seinem Haarschöppel und sagte streng: „Genug geheult, Egon Krumpfling! Benutz dein Amöbenhirn und überleg dir was."
Er untersuchte die Spur aus Goldstaub, die von den Geschenken über den Parkettboden zum Fenster hinaus führte. Erst auf dem unberührten Schnee verlor sie sich. Diese Spur musste vom Christkind stammen, so viel stand fest. Ein dicker Weihnachtsmann hätte große Stiefelabdrücke hinterlassen.
Albi hatte die Wette also wirklich gewonnen. Wenn Egon nur irgendwie nachträglich ein Beweisfoto herbeizaubern könnte. Krumpflinge können nicht zaubern ... aber nachträglich ein

Foto machen, das können sie schon! Eigentlich brauchte Egon doch nur einen Ersatz für das Christkind. Er linste zu Frau Artichs kostbarem Weihnachtsengel auf der Baumspitze. Goldene Locken, Silberflügel und weißes Spitzenkleid. Genau in seiner Größe! Begeistert klatschte er in die Pfoten.

„Der schlaue Egon verkleidet sich als Christkind und fliegt mit einem kleinen Geschenk im Arm durch das Bild. Die milbenwinzige Notschwindelei wird schon nicht auffliegen. Huschkrumpf ans Werk!"

Wie ein Eichhörnchen kletterte Egon durch die Tannenzweige nach oben. Dass dabei mehrere Glaskugeln herunterfielen und auf dem Boden zerschellten, bemerkte er gar nicht. Oben angelangt packte er den Engel am Arm und zog daran, um ihn aus seiner Halterung zu lösen. Doch plötzlich hatte Egon den ganzen Arm in der Pfote.

„Vergammelicht", fluchte Egon, „was für eine miesmuschelige Qualität."

Er schleuderte den Arm weit hinter das Sofa. Mit etwas mehr Vorsicht gelang es ihm schließlich, den einarmigen Engel im Ganzen von der Baumspitze zu zerren. Weil er mit dem Gewicht nicht klettern konnte, ließ er ihn einfach über die Zweige auf den Boden rutschen und sprang hinterher. Im Tausendfüßlertempo riss er dem Engel Gewand und Perücke herunter. Dabei löste sich der Kopf. Egon kickte ihn hektisch aus dem Weg und zwängte sich in das Kleid. Dann spiegelte er sich in einer Christbaumkugel, die die Kletterei überlebt hatte. Sein Glupschaugenmaß hatte ihn nicht getäuscht: Bis auf die Tatsache, dass der Spitzenkragen am Hals deutlich zu eng und Saum und Ärmel zu lang waren, passte ihm das Engelskleid wie angegossen.

Die silbernen Flügel saßen auf jeden Fall genau an der richtigen Stelle am Rücken. Seinen grünen Haarschopf versteckte Egon unter der goldenen Perücke. Ein kleines, in rotes Papier verpacktes Geschenk in der Pfote ergänzte die Verkleidung perfekt.
„Christkindlicher als Knäckebert höchstpersönlich!", stellte Egon zufrieden fest.
Der Krumpfling erinnerte sich noch genau, wie man an der Polaroid-Kamera den Selbstauslöser einstellte. Das war einfach. Etwas weniger einfach war es jedoch, im richtigen Moment ins Bild zu springen. So, dass es aussah, als würde er fliegen. Nach dem Auslösen hatte Egon genau zehn Sekunden Zeit.
Ein Bild war bereits wegen Frau Artich verschossen. Blieben noch neun Versuche. Die ersten drei Male hüpfte Egon zu spät los. Dann startete er zweimal zu früh. Auf diesen fünf Bildern war ein Ausschnitt eines ziemlich demolierten Christbaums zu erkennen, aber nicht die Spur eines Christkindes. Am Rand des sechsten Fotos konnte

Egon nach langem Suchen seinen rechten Fuß vor der grünen Tanne entdecken. Doch es wurde immer besser. Das siebte Bild zeigte schon ein halbes Christkind und die Schleife des Geschenks. Allerdings hatte Egon beim Sprung die Perücke verloren. Noch zwei Bilder, dann war der Film verbraucht. Langsam wurde Egon nervös.

Auf dem achten Bild saß die Perücke immerhin auf Egons Kopf. Aber sie war verrutscht und zwei löffelförmige Krumpflingsohren stachen deutlich hervor. Noch ein letztes Bild – die einzige Chance, Heiligabend für Albi zu retten!
Egon konzentrierte sich so fest, dass sich sein Gesichtsfell hellrosa färbte. Er drückte den Auslöser, zählte, sauste zu seiner Startposition, zupfte die Perücke zurecht, hob das rote Geschenk hoch. Noch vier Sekunden. Drei … zwei … Bei „Eins“ ging Egon in die Knie. Und sprang genau vor die Linse, als es blitzte!

Egon räumt auf

Zitternd riss Egon das Bild aus dem Kameragehäuse. Dabei krachten das Kamel und zwei Könige vom Kaminsims, doch das war Egon egal. Er starrte gebannt auf das glänzend weiße Papier. Die drei Minuten Entwicklungszeit kamen ihm nun wie eine Ewigkeit vor. Endlich zeigte sich die Abbildung. Egon stieß einen Jauchzer aus. „Juppu-Puppenpo!“ Es hatte geklappt! Ein Wesen mit blonden Locken über einem rosigen Gesicht und mit goldenen Flügeln flog vor dem Baum durch die Luft. In der Hand trug es ein rot verpacktes Geschenk. Wie ein Schleier flatterte sein weißes Spitzenkleid hinter ihm her. Das Bild hätte nicht besser gelungen sein können: Durch die Bewegung war es leicht verschwommen, sodass man verräterische Kleinigkeiten wie Egons Zähnchen nicht erkennen konnte.

Andererseits war es doch scharf genug, um als sicherer Beweis zu gelten!
Egon sah sich um. Das gerade noch hübsch geschmückte Weihnachtszimmer wirkte jetzt, als hätte sich eine Trampolintruppe darin für ein Turnier aufgewärmt. Im Obergeschoss trommelte Rosalie Artich pausenlos gegen die verschlossene Badezimmertür. Sie tat dem Krumpfling leid, aber noch konnte er sie nicht herauslassen. Zuerst wollte Egon die Hinweise für seine Foto-Schummelei vernichten. Dazu musste der Engel an seinen ursprünglichen Platz gebracht werden! Egon stopfte den Drahtkörper wieder in das Kleid. Den Arm fand er hinter dem Sofa. Doch wo war der verflixte Kopf gelandet? Egon spürte ihn schließlich am Boden neben den Heizungsrohren auf. Dummerweise war durch die Wärme das Wachs-Gesicht des Engels geschmolzen. Ganz schief sah es aus. Wenigstens die Nase wollte Egon wieder in Form drücken, doch danach erinnerte sie eher an eine Ferkelschnauze. Egal. Oben auf der Baumspitze würde das keiner so genau erkennen.

Egon riss vom größten Geschenk das Seidenband herunter. Damit schnürte er sich den Engel auf den Rücken. Keuchend schleppte er seine Last zurück auf die Tannenspitze. Während Egon den Engel anbrachte, plumpste mit einem vorwurfsvollen Klirren die letzte Glaskugel hinunter.

Als Nächstes hopste Egon vorsichtig über die Scherben und sammelte alle acht misslungenen Polaroid-Bilder ein. Wenn er nicht auffliegen wollte, durften diese Albi keinesfalls in die Hände fallen!
Um auf Nummer sicher zu gehen, musste Egon die Fotos in der Mülltonne vor dem Haus entsorgen. Er balancierte den Stapel Fotos auf seinem Kopf und sprang durchs Fenster in den Garten. Kalt drang die Nachtluft bis an Egons Haarwurzeln.

Es hatte aufgehört zu schneien. Stattdessen funkelten Sterne wie Christbaumkerzen am Nachthimmel. Mit festlichem Dröhnen läuteten die Kirchturmglocken die Weihnacht ein. Doch der Krumpfling achtete nicht auf die stimmungsvolle Nacht. Er raste in den Vorgarten, als wäre der wurstförmige Dackel der Familie Vogelsang hinter ihm her. Völlig außer Puste stemmte er schließlich mit einem Ast den Deckel der ersten Tonne auf. Ein Foto nach dem anderen segelte auf Kartoffelschalen und Apfelbutzen. Als die fröhlichen Stimmen von Albi und seinem Vater am Gartentor erklangen, knallte Egon gerade den Deckel zu. Keine Sekunde zu früh!

Lulu bekommt Besuch

Im Hauseingang hörten Albert und Bertram Artich die gedämpften Hilferufe von Rosalie. Bertram stürmte sofort nach oben. Albi stellte seine Stiefel noch ordentlich auf die Abtropfmatte und wollte seinem Vater folgen, doch Egon sprang ihm in den Weg.

„Kein Anlass zur Sorge, Agent Gruselnudel. Deiner Mama ist nichts passiert. Agent Sumpfschnitzel musste sie nur kurz versperren, damit sie die Aktion Knäckebert nicht stört."

„Ach so. Ja und?", fragte Albi erleichtert. „Hast du den Beweis, Egon?"

Egon grinste von einem Löffelohr zum anderen. „Vierfünfzigeinhalbmal darfst du raten, was auf diesem wunderhübschen Foto zu sehen ist!"

Dabei zog er das zehnte Polaroid-Bild hinter seinem Rücken hervor. Aus dem Obergeschoss schallte nun das Gezeter der befreiten Frau Artich.

„Das hat sich dieser heimtückische Onkel ausgedacht! Um mir mein Weihnachtsfest zu verderben! Und jetzt stellt er sich schlafend!"

Rosalie hatte all ihre guten Manieren vergessen und trommelte gegen die Tür des Gästezimmers.

„Steh auf, du giftgemeine, zahnlose Mistratte!"

Im Keller kreischten die Krumpflinge vor Begeisterung über solche Töne.

Doch Albi hörte nichts von alledem.

„Das Christkind!", flüsterte er ehrfurchtsvoll. „Du hast das Christkind fotografiert! Egon, du bist der obergenialste Krumpfling, der jemals aus einer Krumpfnuss gesprossen ist!"

Er schlüpfte wieder in die Stiefel, packte Egon samt Foto in seine Wollmütze und rannte mit riesigen Schritten hinüber zu den Vogelsangs.

Herr Vogelsang hatte seinen Kindern gesagt, am ehesten könne man den Weihnachtsmann im Garten sehen.
„Da parkt er seinen Rentierschlitten hinter den Büschen. Dann stapft er von Haus zu Haus und schleudert Geschenke durch die Schornsteine!"
Nach dieser Auskunft war er losgezogen, um bei einer Weihnachtsfeier im Krankenhaus Saxofon zu spielen.
Seit Einbruch der Dunkelheit drückten Lulu und ihr Bruder Bruno also ihre Nasen an die Terrassentür. Als Albi klingelte und ihre Mutter sie an die Haustür schickte, war Lulu über die Störung nicht gerade begeistert. Sie befahl ihrem Bruder gut aufzupassen und rannte Albi bis zum Gartentor entgegen. Dort wollte sie ihn schnell abwimmeln.

„Wenn Bruno in der Zwischenzeit ohne mich den Weihnachtsmann sieht, dann giltet das aber auch!“, begrüßte sie ihren Freund ungehalten. „Du willst mich doch nur ablenken, damit ich meine Wette verliere!“
„Das hast du leider schon!“, antwortete Albi strahlend. Er öffnete seine Mütze.
„Tantentrata!“, quäkte Egon und winkte mit dem Foto. „Knäckebert, äh, ich meine, das Christkind war da!“
Lulu drehte und wendete das Bild von allen Seiten. „Da ist auch sicher nichts ausgeschnitten oder draufgeklebt?“, fragte sie ungläubig.
„Was denkst du denn?“, empörte sich Albi. „Wir würden dich doch nicht betrügen!“
„Nienieniemals würden wir das!“, bestätigte Egon. Nur gut, dass die Straße nicht sehr hell beleuchtet war. Sonst hätte man sehen können, wie sich sein Nasenfell vor Verlegenheit leicht hellblau färbte.
Am Ende blieb Lulu nichts anderes übrig, als zuzugeben: „Vermalledammt. Gewonnen ist

gewonnen. Du kannst also nachher kommen und dir eines von meinen Geschenken aussuchen."
Sie hätte heulen können, aber das wollte sie vor Albi und Egon auf keinen Fall zeigen.
„Zum Glück hast du dir nicht nur Mädchensachen gewünscht!", meinte Albi grinsend. Ein bisschen tat ihm Lulu schon leid. Aber gleichzeitig freute er sich riesig auf eine eigene Polaroid-Kamera! Er wollte sich gerade verabschieden, als eine brummige Stimme durch die Nacht tönte.
„Ho ho ho!"
Die Kinder reckten die Hälse. Auf der Straße war niemand zu sehen.
„Ho ho ho!", erklang die Stimme erneut.

Jetzt klingelte ein Glöckchen. Sie blickten sich um. Und dann sahen sie IHN. Eine kleine Laterne in seiner Hand beleuchtete den dicken Bauch unter einem roten Mantel. Auf dem Rücken schleppte er einen prall gefüllten Sack. Der helle Pelzbesatz der Mütze leuchtete im Dunkel. Über dem weißen Bart glänzte nur eine Nasenspitze. Das war kein Trugbild. Zwischen dem Haus der Vogelsangs und der Villa Artich stapfte der Weihnachtsmann!

„Ho ho ho!“, brummte er ein drittes Mal und winkte freundlich zu ihnen herüber, bevor er zwischen den Johannisbeerbüschen verschwand. Alle drei hatten ihn gehört. Alle drei hatten ihn gesehen!

Ein hässliches, grünes Stofftier

Die beiden Kinder starrten mit offenen Mündern auf die Stelle, wo der Weihnachtsmann verschwunden war. Auch Egons Maul war aufgeklappt. Lulu fasste sich als Erste wieder.
„Mich laust die Giraffe. Der Weihnachtsmann höchstpersönlich! Ihr habt ihn auch gesehen, oder?"
„Schon!", bestätigte Albi und schüttelte gleichzeitig den Kopf. „Aber du hältst doch hier das Foto vom Christkind in der Hand. Das kann einfach nicht sein!"
„Alles kann sein! In Mampflinghausen soll es Ameisen geben, die können auf den Fühlern Walzer tanzen." Egon kicherte verlegen und wurde noch ein bisschen hellblauer um die Nase.
„Und in Krumpfstadt leben Asseln, die pupsen lila Stinkeherzen, unglaublich, was?"

Der Krumpfling redete sich um Fell und Kragen. Da kam es ihm gerade recht, dass nun mit einem lauten Knall die Haustür der Artichs aufgestoßen wurde. Albis Mutter stürmte heraus und rannte auf die Mülltonnen zu. Vor sich her trug sie mit zwei Topflappen einen qualmenden Topf. Egon verkroch sich schnell in Albis Mütze.
„Das ist der schrecklichste Heiligabend, den ich je erlebt habe. Unseligabend müsste er genannt werden!“, rief Frau Artich verzweifelt den Kindern zu. „Alles geht schief! Onkel Arthur hat es geschafft, uns das Weihnachtsfest zu verderben. Heute gibt es leider keine Zunge.“
„Zum Glück“, bemerkte Albi leise. „Ich hasse Zunge.“
Nur zu gern sprang er seiner Mutter zu Hilfe und hielt ihr den Deckel der Biotonne auf. Doch kurz bevor Rosalie die verbrannte Mahlzeit hineinkippte, stockte sie.
„Was ist das denn? Papier in der Biotonne? Zum Kuckucks-Ei, wie oft soll ich noch sagen, dass Papier in die Papiertonne gehört?“

Sie stellte den Kochtopf in den Schnee. Das glühend heiße Metall zischte wie beim Bleigießen. Mit spitzen Fingern angelte Rosalie acht kleine Bilder aus den Gemüseabfällen. Albi öffnete seufzend für sie den Deckel der Papiertonne.
„Aber das sind ja Polaroid-Bilder, die gehören eigentlich in den Sondermüll“, sagte Frau Artich empört.
Mama nimmt es mit der Mülltrennung wirklich sehr genau, dachte Albi. Wenigstens war er diesmal unschuldig …
Frau Artich sah das jedoch anders. Sie schaute die Bilder genauer an. Und dann beschimpfte sie Albi: „Was fällt dir denn ein? Da verschießt du einen von Papas teuren Filmen, um ein hässliches grünes Stofftier in einem Puppenkleid zu fotografieren?“

Als Egon das hörte, hätte er sich in Albis Mütze am liebsten in eine Laus verwandelt.
„Hast du deine klebrigen Finger hier etwa auch mit im Spiel, Luise Vogelsang?“
Rosalie hielt Lulu das Foto, auf dem Egon die Perücke verloren hatte, vor die Nase. Lulus Augen wurden groß, als sie die Abbildung erkannte. Mit einem Mal verstand sie den Zusammenhang.
„Natürlich nicht, Frau Artich! Ich schwöre es beim Bommel der Mütze vom Weihnachtsmann!“, verneinte Lulu empört. „Hier ist übrigens noch ein Foto, das Albi von seinem GRÜNEN STOFFTIER gemacht hat.“
Sie überreichte Frau Artich das Bild vom Egon-Christkind. Dabei bedachte sie Albi mit einem Blick, der einen Eiszapfen verdampft hätte. Schlagartig war Albi weiß wie Frischkäse geworden. Natürlich wusste auch er jetzt, wie das Foto vom Christkind zustande gekommen war. Sein Freund hatte ihn betrogen! Albis Augen füllten sich mit Tränen. Er schwankte. Um ein Haar hätte er die Mütze mit Egon darin fallen lassen.

Rosalie dachte, das wäre die Reaktion auf ihr Schimpfen. So streng hatte sie doch gar nicht sein wollen. Es war schon so viel schiefgegangen. Aber Weihnachten sollte wenigstens für Albi das schönste Fest im Jahr bleiben!
„Von einem vermurksten Film geht die Welt nicht unter“, versuchte sie, ihren Sohn jetzt zu trösten. „Und von einem verbrannten Abendessen auch nicht. Bei der ganzen Bescherung wollen wir die Bescherung nicht vergessen, Albispatz. Mir war, als hätte ich gerade das Glöckchen gehört!“
Sie nahm Albi in den Arm und führte ihn ins Haus.
„Ich komm dann später, um Du-weißt-schon-was bei dir abzuholen!“, rief ihm Lulu gut gelaunt hinterher. „Hoffentlich ist es ferrarirot oder porschegelb!“

So eine Bescherung

In der Diele hängte Albi seine Mütze vorsichtig an die Garderobe. Die Glupschaugen des Krumpflings schauten murmelrund aus der Öffnung. „Bis du jetzt bitterböse? Ich wollte doch nur …“, quäkte er flehend.
„Mag schon sein, dass du mir helfen wolltest.“ Albi wischte sich mit dem Handrücken über die Nase. „Aber mein bester Freund darf mir doch keine Lügenmärchen erzählen. Ich habe dir vertraut, Egon.“ Er hob Egon auf den Boden. Der Ton des Glöckchens erschallte aus dem Wohnzimmer. Da gelang es Albi nicht mehr, die Tränen zurückzuhalten. Ohne ein Wort des Abschieds folgte er dem Klingeln.

Egons Herz fühlte sich so schwer an wie ein nasser Putzlappen. Verzweifelt patschte der

Krumpfling zurück in den Keller. Dort wollte er sich gleich in die Gießkanne verkrümeln, in der er wohnte. Doch auf dem Hauptplatz stolperte er mitten in eine Versammlung. Alle jubelten und klatschten. Die Musikantenkrumpflinge bliesen aus vollen Lungen in ihre Tröten. Egon sah sich um. Seit wann wurde zu Wein-Nachten wichtiger Besuch erwartet? Er versuchte sich zwischen Zara und Lutschki zu verstecken. Da packte ihn plötzlich eine Pfote am Kragenfell und zog ihn zurück. Einen Augenblick später lag Egon in den Armen der kräftigen Netti.

„Da ist ja unser Lamettalumpi!", rief sie und warf Egon dreimal in die Luft.

„Hoch lebe Egon Krumpfling!", kreischte die ganze Sippe im Chor.

Nur der kleine Gaga plärrte: „Hech lobe, Ogen Krimpflung!“ Der Babykrumpfling verwechselte immer noch die Buchstaben, weil er aus Versehen mit Buchstabensuppe gedüngt worden war. Als Egon wieder etwas wackelig auf den Beinen stand, klebte ihm Professor Honigschwamm eine vertrocknete Klette auf das Fell. Das war die höchste Auszeichnung der Krumpflinge für besondere Taten!
„Gratuliere, du Schlawienerwürstchen, gratuliere!“, lobte ihn der Lehrer.
Egon wusste gar nicht, wie ihm geschah. Obwohl er sich unerlaubt von der Krumpfburg entfernt hatte, wurde er jetzt gefeiert wie ein Held? Bestimmt hatten die Krumpflinge zu viel Krumpfpunsch getrunken! Oma Krumpfling würde sicher

gleich für Ruhe sorgen, oder? Doch auch die grinste breit. Erst als sich die Sippe von alleine beruhigt hatte, legte sie los.
„Tztztz. Egon Krumpfling, wieder einmal hast du uns alle überrascht. Nun ja, uns alle außer mir. Ich wusste ja immer schon, dass ein böser Kern in deiner weichen Schale steckt!“ Sie kratzte sich ausgiebig den Kopf zwischen den Makkaroni-Nudeln, die sie sich zum Wein-Nachtsfest als Lockenwickler in die Haare gedreht hatte. Dann fuhr sie fort: „So ein herrliches Wein-Nachten hatten wir noch nie. Die schneckenlangweilige Frau Artich hast du dazu gebracht, uns die herrlichsten Schimpfwörter zu schenken. Und als wäre das nicht genug …“
Oma Krumpfling deutete auf den großen Duschkopf. Alle konnten hören, was bei Artichs im Wohnzimmer geschah. Aus den Löchern drang bitteres Weinen! Das war natürlich Albi. Egon presste sich die Pfote auf sein Maul. Sonst hätte er sofort laut mitgeweint! Aber die restlichen Krumpflinge grölten und stießen ihre Krumpf-

punschbehälter aneinander. Die Chefin brachte sie zum Schweigen.
„Ruhe! Wo war ich? Ach ja, bei meinem kleinen Egon. Als wäre das nicht genug, hast du sogar das Kind da oben zum Weinen gebracht! Das ist das widerlichschönste Wein-Nachten, seit Opa Krumpfling mit einem Pupspropeller in die Luft geflogen ist.“ Sie quetschte Egon an ihren Kugelbauch. „Mein egoniales Herzilein, zum Dank sollst du das erste Wein-Nachtsgeschenk in der Geschichte der Krumpflinge bekommen! Wie wäre es zum Beispiel mit einem Umzug in eine gemütlichere Wohnhöhle?“
Aus Egons Kehle kam kein Wort. Sie war durch einen klebrigen Kloß aus Unglück wie verstopft. Also ließ sich der Krumpfling widerstandslos zum Skistiefel Größe 48 bringen.

Pizza an Heiligabend

Du kannst dir vorstellen, dass an diesem Abend bei den Artichs nicht so fröhliche Stimmung herrschte wie bei den Krumpflingen! Das traditionelle Essen und die Plätzchen waren verbrannt oder verschwunden. Der rüsselnasige Engel hing schief auf dem Weihnachtsbaum. Darunter glitzerten in tausend Scherben die Christbaumkugeln. Frau Artichs Krippenfiguren lagen verstreut vor dem offenen Kamin auf dem Boden. Aber wem hätten sie auch huldigen sollen? In der Krippe lag ja kein Jesuskind. Das war noch immer zwischen den Holzscheiten versteckt! Doch das Schlimmste war: Albi weinte an Heiligabend! Rosalie Artich war wütend wie ein Wisent auf Onkel Arthur. Sie dachte, der alte Mann habe sie im Bad eingesperrt und dann das Weihnachtszimmer verwüstet!

Onkel Arthur stritt natürlich alles ab: „Ich wasche meine Hände in Unschuld. Dein komisches Christkind hat dir offensichtlich einen Streich gespielt. So sind Kinder eben. Ich weiß schon, warum ich mir nie welche angeschafft habe."
Rosalie zeterte nicht mehr dagegen, denn jetzt weinte Albi noch heftiger. Gerade hatte er sein größtes Geschenk ausgepackt: einen glänzenden roten Rennwagen mit Fernsteuerung. Genau den, den er sich gewünscht hatte! Genau den, den er später Lulu geben müsste. Schließlich hatte sie ihre Wette gewonnen.
Seine Eltern verstanden die Welt nicht mehr.
„Magst du die Farbe nicht, Albispatz? Oder warum bist du so unglücklich über dieses wunderbare Auto?", fragte Herr Artich.
„Weil ich leichtgläubiges Dummbeuteltier es verwettet habe", stieß Albi zwischen zwei Schluchzern hervor. „Wir haben vorhin den Weihnachtsmann getroffen."
Die Eltern sahen sich betroffen an. Aber Onkel Arthur nickte gewichtig.

„Wettschulden sind Ehrenschulden, da gibt es nichts zu rütteln. Und jetzt entschuldigt mich bitte. Ich muss dringend auf den Topf. Dieses Rotznasengeheule macht mir Verdauungsbeschwerden."
„Auch das noch! Keine Plätzchen, nichts zu essen, das Hauptgeschenk verwettet." Rosalie ließ sich erschöpft neben Albi aufs Sofa fallen. Sie nahm ihn in den Arm. Plötzlich kicherte sie. „Halleluja! Lasst uns froh und munter sein! Wir sind doch gesund und haben uns lieb."
„Wenigstens kann heute nicht noch mehr schiefgehen!", bestätigte Bertram und griff zum Telefon. „Aber verhungern werden wir nicht. Warum

hat man denn Lieferdienste für Nahrungsmittel erfunden? Ich bestelle uns jetzt Pizza und leckere italienische Nachspeisen!“
Das tröstete Albi zumindest ein bisschen. Pizza war schließlich sein Lieblingsessen!

Albi bekommt Besuch

Herr Artich hatte gerade auf die Austaste des Telefons gedrückt, als es auch schon an der Tür klingelte.
„Das ging ja flott!", meinte er überrascht.
Doch als er öffnete, stand nicht der Pizzaservice vor der Tür. Lulu Vogelsang stürmte an ihm vorbei ins Wohnzimmer.
„Häppi Christspass allerseits!", rief sie aufgekratzt.
Albi seufzte schwer. „Willst du das Auto schon abholen? Wenigstens bis zum ersten Weihnachtsfeiertag hättest du es mir doch lassen können!"
Er schob traurig den Rennwagen zurück in die Verpackung.
„Schau erst mal hier!" Lulu schwenkte stolz ihre neue Polaroid-Kamera und ein Bild. „Die Kamera hat mir der Weihnachtsmann gebracht."

„Luise, das ist schön für dich. Aber jetzt nimm bitte deinen Wettgewinn und hör auf, Albi zu quälen“, sagte Frau Artich. „Und dann bitte ich euch, in Zukunft solche Wetten zu unterlassen!“
Lulu blieb beharrlich. „Albi muss unbedingt das erste Foto sehen, das ich gemacht habe.“
Sie quetschte sich zwischen Frau Artich und Albi aufs Sofa und zeigte den beiden das Foto. Da waren Familie Vogelsang und Dackel Bazi mit seinem Weihnachtsknochen.
„Schöne Aufnahme“, meinte Albi anerkennend.
„Fällt dir denn nichts auf?“, wollte Lulu wissen.
„Bruno hat immer noch eine rote Nase?“, stellte Albi fest.
„Nein, das mein ich nicht.“ Lulu wollte auf etwas anderes hinaus. „Schau noch mal richtig … im Hintergrund bei der Terrassentür!“
Albi studierte das Foto gründlicher. Und dann konnte er es sehen. Hinter der Glasscheibe, in der schwarzen Nacht … da stand ein leuchtendes Wesen. Oder schwebte es über dem Boden? War es klein oder groß, nah oder fern? Das konnte

Albi nicht sicher erkennen. Es erschien ihm eher wie ein weißer Schatten mit Lockenfrisur. Aber sicher war es kein Gespenst! Es handelte sich um etwas Schönes, etwas Fröhliches. Ein zärtliches Lächeln schimmerte in dem hellen Gesicht.
„Was ist das?", fragte Albi gebannt.
„Das ist doch keine Frage", antwortete Lulu ernst. „Deine Ma hatte recht! Ich habe zufällig das Christkind grottogrofiert."
Eine wohlige Gänsehaut rieselte über Albis Arme, als er das hörte. Herr Artich war hinter die Sofalehne getreten. Auch er betrachtete das Bild voller Staunen.
„Zweifellos. Offensichtlich gibt es das, woran man glaubt und manchmal auch noch mehr!", stellte er fest.
Rosalie sagte nichts dazu, aber sie legte ihren Arm lächelnd um Lulus Schultern.

Drei Freunde feiern krumpfgute Weihnachten!

Kurz darauf klingelte es erneut. Diesmal war es wirklich der Lieferdienst. Jetzt bekam Albi das leckerste Weihnachtsessen, das es jemals bei den Artichs gegeben hatte: Pizza Funghi und Panna cotta mit Himbeeren! Und doch fehlte ihm etwas, um am Heiligabend vollends glücklich zu sein … die Versöhnung mit seinem besten Freund!
Am späten Abend gingen Bertram und Rosalie Artich in den Weihnachtsgottesdienst. Onkel Arthur sträubte sich zwar, aber Rosalie sagte lachend: „Dich lass ich nicht mehr aus den Augen. Wer weiß, was du sonst noch anstellst. Du kommst schön mit uns, liebes Onkelchen!“
Dafür durften Lulu und Albi wach bleiben und mit ihren neuen Geschenken spielen. Doch Albi wollte sich unbedingt vorher mit Egon aussprechen.

Nur wie sollte er Kontakt mit dem Krumpfling aufnehmen? Er konnte ja nicht einfach in den Keller gehen und Egon aus der Krumpfburg holen. Lulu hatte die rettende Idee.
„Wenn ihr eine Geheimsprache hättet. Dann könntest du Egon eine Botschaft durch die Wasserleitung schicken ...“
„Geheimsprache? Lulu, du bist riesengroßartig!“, jubelte Albi. Er rannte in die Küche und rief in den Ausguss: „Gruselnudel an Sumpfschnitzel. Gruselnudel an Sumpfschnitzel! Knäckebert ist gefasst!“
„Wirklich wahr? Magst du mich dann jetzt wieder?“, fragte ein dünnes Stimmchen direkt hinter dem Jungen. „Obwohl ich dir ein Schwindel-Ei gelegt habe?“

Im Kräutertopf hockte Egon und winkte verlegen. Der Krumpfling hatte es im Keller einfach nicht ausgehalten. Er musste aus nächster Nähe sehen, wie es seinem Freund ging. Außerdem wollte er sich dringend entschuldigen. Und so war er gerade durchs gekippte Küchenfenster geklettert, als Albi seine Botschaft an ihn sendete.
Albi hob Egon hoch. Am liebsten hätte er seinen Freund vor Freude auf die Schnauze geküsst, aber das tun Jungs ja nicht. Also zupfte er ihm ein Thymianblatt vom Fell und sagte liebevoll: „Du bist mein Freund, egal was du tust! Und darum gibt es jetzt Geschenke für dich."
Egons Nasenfell wurde winterhimmelblau vor Freude. Aber als er kurz darauf die Geschenke auspackte, die Albi und Lulu für ihn gebastelt hatten, färbte es sich sogar badeseetürkis: Albi war es gelungen mithilfe seiner Mutter aus weicher Wolle einen Schlafsack zu stricken. Lulu hatte einen alten Puppenschlitten für Egon herzrot bemalt. Und diese Kostbarkeiten sollten nun ganz alleine dem kleinen Krumpfling gehören!

Nach der Bescherung spielten die drei Freunde mit dem neuem Rennwagen. Albi bediente die Fernsteuerung. Lulu wollte mit ihrer Kamera die Reporterin sein. Egon durfte hinter dem Lenkrad sitzen. Seine Löffelohren flatterten im Fahrtwind, als Albi den Wagen im Slalom an den Heiligen Drei Königen vorbeilenkte.
„Aus der Bahn, Stinkkäseschmarrn und krumpfgute Weihnachten allerseits!“, kreischte er glücklich.
So erlebten die drei Freunde gemeinsam ihr schönstes Weihnachten.

Nur Frau Artich wunderte sich ein bisschen, als sie um Mitternacht in der Hand ihres schlafenden Sohnes ein neues Polaroid-Bild entdeckte. Darauf saß das hässliche, grüne Stofftier in dem ferngesteuerten Auto.
„Mein Albispatz besitzt so schöne Spielsachen. Was findet er nur an diesem zotteligen Minimonster aus Plüsch?“, fragte sie sich leise. Kopfschüttelnd lehnte sie das Foto an Albis Nachttischlampe. Dann zog sie die Daunendecke über die Schultern ihres Sohnes, küsste ihn auf die Stirn und löschte das Licht.

(ISBN 978-3-570-15858-6)

(ISBN 978-3-570-15859-3)

(ISBN 978-3-570-17090-8)

(ISBN 978-3-570-17123-3)

(ISBN 978-3-570-17262-9)

(ISBN 978-3-570-17284-1)